BELLE

ELLEN
MILES

Texte français de Laurence Baulande

Éditions
SCHOLASTIC

Pour Dog qui a toujours aimé les bonnes blagues de chiens.

Catalogage avant publication de Bibliothèque et Archives Canada

Miles, Ellen

Belle / Ellen Miles ; texte français de Laurence Baulande.

(Mission, adoption)
Traduction de: Honey.
Pour les 7-10 ans.

ISBN 978-0-545-98276-4

I. Baulande, Laurence II. Titre. III. Collection: Miles, Ellen.
Mission, adoption.

PZ23.M545Be 2010   j813'.6   C2009-905661-5

Illustration de la couverture : Tim O'Brien ·
Conception graphique de la couverture : Steve Scott

Édition publiée par les Éditions Scholastic,
604, rue King Ouest, Toronto (Ontario) M5V 1E1.

5 4 3 2 1   Imprimé au Canada 121   10 11 12 13 14

PROTÉGEONS NOS FORÊTS

Préservons notre environnement

Scholastic Canada a choisi d'imprimer les pages de ce livre sur du papier recyclé et a
réduit sa consommation de ressources[1] et sa pollution[1] dans les mesures suivantes :

énergie	eau	gaz à effet de serre	déchets solides
7 millions de BTU	39 058 litres	972 kg	285 kg

23 arbres de nos forêts ont été sauvés.

Imprimé par **Webcom Inc.** sur du papier
Legacy Hi-Bulk White 100% à contenu postconsommation de 100 %.

FSC

Sources Mixtes
Groupe de produits issu de forêts
bien gérées, de sources contrôlées
et de bois ou fibres recyclées.

Cert no. SW-COC-002358
www.fsc.org
© 1996 Forest Stewardship Council

[1]L'estimation des effets sur l'environnement a été faite au moyen du calculateur «Environmental Defense Paper Calculator».

CHAPITRE UN

— Eh doucement, Biscuit!

Charles resserra sa prise sur la laisse. Biscuit n'était peut-être encore qu'un chiot, mais il avait vraiment beaucoup de forces! Il fonçait droit devant lui sur le trottoir, entraînant Charles derrière lui.

— Il a hâte de voir ses sœurs, dit Sammy.

— Peut-être, répondit Charles d'un air sceptique. Mais je crois que c'est plutôt parce qu'il est toujours pressé. Ça me rappelle la blague préférée de mon père : « Un chien est en train d'engloutir sa pâtée, il mange le plus vite possible et son maître lui dit : "pourquoi manges-tu aussi vite? Es-tu en retard pour la sieste?" »

Sammy éclata de rire.

C'est ce qui est bien avec Sammy, se dit Charles, *il rit toujours de mes blagues.*

Charles aussi riait toujours des blagues de son meilleur ami. En fait, les deux garçons préparaient un livre de blagues ensemble! Au début, ils voulaient l'appeler *101 blagues de chiens*, mais ils avaient découvert que le titre existait déjà, alors ils avaient opté pour *102 blagues de chiens*.

– Ça pourrait être la blague numéro quatre-vingt-dix-huit! dit Sammy. On y est presque!

– Oui, mais il reste le problème des dessins.

Les deux amis soupirèrent. Ni l'un ni l'autre n'étaient très doués pour dessiner des chiens. Sammy était très fort pour les dinosaures et les avions, et Charles était un spécialiste des autobus scolaires et des camions à benne. Mais dessiner un chien, c'était très difficile. Et pourtant, le livre serait bien meilleur avec des illustrations.

Sammy disait que *102 blagues de chiens* serait un succès de librairie et qu'ils deviendraient riches et célèbres. Charles n'en était pas aussi certain. Mais ce n'était pas tellement important. Ce qu'il aimait, lui, c'était de trouver des blagues et de les noter.

Juste à ce moment-là, Biscuit tira de nouveau sur sa laisse. Cette fois, il voulait renifler un arbre.

Biscuit renifla et renifla encore et encore. Charles resta à côté de lui, essayant d'attendre patiemment. Pour finir, Biscuit fit pipi. Puis, il leva la tête vers Charles.

Alors, qu'est-ce qu'on attend? Allons-y!

Et Biscuit se remit à tirer de toutes ses forces sur la laisse. Charles sourit en secouant la tête. Biscuit était vraiment bête parfois, mais Charles l'aimait plus que tout au monde. Le petit chiot avait une douce fourrure brune, de grands yeux bruns et une tache blanche en forme de cœur sur la poitrine. Les Fortin l'avaient d'abord recueilli temporairement, mais avaient fini par l'adopter pour toujours. Toute la famille l'adorait : Rosalie, la sœur aînée de Charles; le Haricot, son petit frère (dont le vrai nom était Adam); et M. Fortin. Même Mme Fortin, qui aimait plutôt les chats d'habitude, était tombée sous le charme de Biscuit.

À titre de famille d'accueil, les Fortin avaient pris soin de bon nombre de chiots en attendant de leur trouver le foyer idéal. Le premier d'entre eux avait été adopté par Sammy et ses parents, leurs voisins. C'était une golden retriever prénommée Cannelle. Cannelle et Biscuit étaient les meilleurs amis du monde, tout comme Charles et Sammy.

— Peut-être que tu as raison finalement, peut-être que Biscuit a hâte de voir ses sœurs, déclara Charles toujours remorqué par le chiot.

C'est vrai que Charles avait dit à Biscuit pourquoi ils allaient au centre-ville en ce beau samedi matin de février. Il lui avait expliqué qu'ils se rendaient à une réunion de famille à la librairie *Le chien chanceux*. Pas une réunion de famille des Fortin, non, une réunion de famille canine pour Biscuit.

Quand les Fortin avaient recueilli Biscuit, il était avec sa mère et ses deux sœurs. C'était la première fois que la famille de Charles s'occupait d'une portée entière. La difficulté avait été de trouver des foyers adaptés pour chaque membre de cette famille canine, mais finalement, tout s'était arrangé.

Jérôme Cantin, le propriétaire de la librairie, avait adopté Skipper, la maman. La chienne passait désormais toutes ses journées à la boutique et était très heureuse. Tous les clients adoraient Skipper.

C'était la mascotte de la librairie! Capucine et Dalia, les sœurs de Biscuit, avaient été adoptées par Cécile Vareuil. Cécile était une véritable auteure, dont le livre intitulé *Drôles de chiens* l'avait rendue célèbre. Le plus extraordinaire, c'était que Capucine et Dalia ressemblaient beaucoup aux chiots du livre. Tout était donc parfait!

De temps en temps, Cécile appelait les Fortin pour suggérer d'organiser une réunion de famille canine. C'était toujours très amusant de voir les trois chiots jouer ensemble à côté de Skipper, très fière de ses petits devenus grands. Cécile avait appelé ce matin-là, et tout le monde était d'avis que le temps d'une rencontre était venu. Comme Rosalie travaillait ce jour-là comme bénévole au refuge pour animaux, c'était Charles qui devait emmener Biscuit au centre-ville.

Biscuit avait-il réellement compris qu'il allait retrouver sa famille? Parfois, quand Charles ou Rosalie lui demandait : « As-tu envie de voir Capucine et Dalia? », il dressait les oreilles et hochait la tête de gauche à droite comme s'il réfléchissait à la question. Mais, bien sûr, il faisait la même chose quand on lui demandait : « Veux-tu une friandise? » ou « As-tu envie de faire une promenade? » ou même « Qui a fait une grosse bêtise? »

En fait, Biscuit était un petit chiot très joyeux qui était toujours prêt à suivre quiconque voulait bien l'emmener avec lui. Parfois, il allait à la caserne des pompiers avec M. Fortin qui travaillait là-bas. Parfois, il allait au *Courrier de Saint-Jean* avec la mère de Charles qui était journaliste. Une fois, il était même allé à l'école. Rosalie faisait une présentation sur le dressage des chiens avec démonstration à l'appui! C'est Mme Fortin qui l'avait conduit et elle avait raconté que Biscuit s'était dirigé droit vers l'entrée de l'école comme s'il faisait ça depuis toujours. Il avait même passé la tête dans la classe 2B, la classe de Charles.

— Ça y est, nous y sommes! dit Charles quand les amis arrivèrent devant la librairie. Ton magasin préféré!

Tous les chiens étaient les bienvenus à la librairie *Le chien chanceux*. Jérôme Cantin avait même un petit babillard où il accrochait les photos des chiens qui venaient le voir régulièrement. Et il avait toujours un bocal plein de bons biscuits pour chiens derrière le comptoir. Comme tous les autres chiens, Biscuit savait exactement où se trouvaient les friandises. Il tira fort sur sa laisse, entraînant Charles à l'intérieur de la boutique et jusqu'au comptoir.

— Allô, Biscuit! dit Jérôme posté derrière sa caisse.

Le libraire plongea la main dans un grand bocal en verre et en retira quelques biscuits. Skipper devait avoir entendu Jérôme ouvrir le bocal. Elle quitta son coin préféré près de la machine à café et arriva en trottinant.

Biscuit et Skipper avalèrent leurs biscuits, puis commencèrent à se renifler en agitant la queue. Biscuit posa ses pattes de devant sur les épaules de sa mère et commença à lui mordiller le menton.

— Où sont Capucine et Dalia? demanda Charles.

— Je parie que ce sont elles qui arrivent, répondit Jérôme au moment où tintait la clochette accrochée au-dessus de la porte.

Effectivement, Cécile Vareuil entra dans la librairie. Elle tenait deux laisses vertes dans la main droite, l'une pour Dalia et l'autre pour Capucine. Et dans la main gauche, elle tenait une laisse rouge.

Un grand chiot un peu maigre avec une belle fourrure jaune pâle courait autour d'elle, emmêlant sa laisse avec celle des deux autres. Il manqua de faire trébucher Cécile.

— Ça alors, dit Charles. Qui est-ce?

Le garçon se baissa pour faire un gros câlin aux chiots. Le chiot jaune grimpa directement sur les genoux de Charles, bien qu'il soit beaucoup trop grand pour monter sur les gens, et commença à lui lécher le visage avec sa petite langue rose et rugueuse.

— Je vous présente Belle, annonça Cécile Vareuil. Elle a presque un an. Elle est gentille et très mignonne, et elle a besoin d'une famille!

CHAPITRE DEUX

— Impossible! s'écria Charles en levant la tête vers Cécile. Elle ne peut pas avoir besoin d'une nouvelle maison, elle est tellement mignonne! Personne ne peut avoir le cœur d'abandonner une si belle bête! À ce moment-là, la chienne commença à mordiller le lobe d'oreille de Charles. Cela le chatouillait tellement qu'il éclata de rire.

Miam! Délicieux! J'aime le goût qu'a ce garçon! Et il rit, donc ça veut dire que cela le rend heureux. Je pense que je vais continuer encore un peu!

Biscuit, qui était sûrement un peu jaloux, entreprit de grimper par-dessus Belle pour mâchouiller l'autre lobe de Charles. Cécile Vareuil détacha Capucine et Dalia, qui s'empressèrent de se joindre à Belle et à Biscuit. Charles tomba en arrière sur le tapis.

Il ouvrit les bras en riant et les quatre chiots se précipitèrent sur lui en agitant la queue, et se mirent à le mordiller, à le renifler et à le lécher partout. Skipper approcha à son tour. Elle posa la patte sur le bras de Charles pour attirer son attention et toucha du museau chacun des chiots.

— Des chiots en délire! cria Sammy, qui s'allongea à côté de son ami.

Très vite, lui aussi fut recouvert de chiots.

Cécile et Jérôme éclatèrent de rire.

— Je crois qu'ils sont heureux de se retrouver, dit le libraire.

— Rien ne vaut une bonne réunion de famille pour chiots, répondit Cécile.

Finalement, Charles s'assit et reprit son souffle. Il entoura Belle de ses bras et embrassa le haut de sa douce tête dorée.

— A-t-elle vraiment besoin d'un nouveau foyer? demanda-t-il.

Cécile hocha la tête.

— Belle appartenait à l'une de mes amies. Toute la famille l'adorait, mais mon amie a reçu une offre qu'elle ne peut refuser : s'installer à Londres, en

Angleterre. Pour pouvoir emmener Belle, il faudrait qu'elle soit mise en quarantaine pendant six mois.

— En quar... quoi? demanda Sammy.

— En quarantaine. Cela signifie que Belle ne devrait avoir aucun contact avec un autre chien, au cas où elle serait malade. Elle devrait vivre pendant six mois dans un chenil loin de sa famille.

— Mais elle a l'air en parfaite santé! intervint Charles.

— Oh oui, elle l'est, mais ça ne change rien, dit Cécile, c'est la procédure à suivre. Et mon amie ne supportait pas de laisser Belle dans un chenil pendant si longtemps. Elle a pensé que Belle et mes chiennes étaient faites pour aller ensemble, puisqu'elles avaient toutes des noms élégants!

L'écrivaine secoua la tête et continua :

— J'ai essayé pendant trois jours. Belle est une bonne chienne. Elle est allée à une maternelle pour chiots et a suivi des cours d'obéissance. Elle a d'excellentes manières et elle est très sociable avec les gens et les autres chiens. Mais, même si elle a presque atteint sa taille adulte, c'est encore un chiot. Et je ne peux absolument pas gérer trois chiots turbulents à moi toute seule. J'ai déjà assez de travail avec Capucine et Dalia.

Charles comprenait. Sa mère disait souvent que, un seul chiot, c'est déjà terriblement prenant.

— Eh bien, dit le garçon. Peut-être que nous pourrions la prendre. En famille d'accueil, je veux dire.

Il serra Belle contre lui. Ça serait tellement agréable de l'avoir à la maison pendant quelque temps.

Le visage de Cécile s'éclaira.

— J'espérais que tu dirais ça!

Puis, un peu nerveuse, elle ajouta :

— Euh, en fait, crois-tu que tu pourrais la prendre maintenant? J'ai de la visite pour le souper et je ne vois pas comment je vais réussir à tout préparer avec trois chiots dans les jambes.

Charles se mordit la lèvre.

— Je ne sais pas... Il faudrait que j'appelle ma mère.

— Pas la peine de l'appeler, dit Sammy en secouant la tête. Prends-la. Tu sais bien que ta mère ne dira pas non une fois qu'elle l'aura vue.

Charles leva les yeux au ciel. Sammy avait toujours plein d'idées bizarres. Comme la fois où il avait suggéré d'hypnotiser Mme Fortin pour qu'elle accepte d'accueillir Cannelle au tout début. Ou bien quand il avait voulu chasser les fantômes dans une vieille maison abandonnée.

Mais, à l'occasion, les idées de Sammy se révélaient plutôt bonnes. Et Charles eut l'impression que son ami avait raison cette fois. Après tout, un chiot aussi adorable que Belle était tout simplement irrésistible! Il était impossible de ne pas avoir envie de la garder au moins pour quelques jours, le temps de lui trouver le foyer idéal.

Charles hocha la tête.

— O.K., dit-il. Nous la prenons.

Cécile eut l'air soulagée.

— Vraiment? C'est merveilleux!

Jérôme Cantin semblait un peu inquiet.

— Es-tu sûr, Charles? demanda-t-il. Tu peux utiliser mon téléphone pour appeler ta mère si tu veux.

Mais Charles n'écoutait déjà plus. Il avait enfoui son nez dans la douce fourrure de Belle et la serrait fort contre lui. Il ne laisserait jamais sa mère s'opposer à prendre ce chiot. Les Fortin avaient l'obligation de l'accueillir. Et peut-être même que les Fortin la garderaient pour toujours! Elle serait une amie parfaite pour Biscuit.

— D'accord, Biscuit? demanda Charles en tendant les bras pour l'attirer vers lui.

Belle et Biscuit se touchèrent le nez et se reniflèrent avec bonheur. Il était clair qu'ils s'entendaient très bien.

Capucine et Dalia, voulant participer, grimpèrent à leur tour sur les genoux de Charles. Puis, les quatre chiots délaissèrent Charles pour sauter sur Sammy. Ensuite, ils se pourchassèrent dans tout le magasin, Skipper trottinant tranquillement derrière eux. Finalement, les chiots renversèrent un présentoir, et des dizaines de livres dégringolèrent sur le plancher.

Jérôme siffla pour signaler la fin de la récréation.

— Peut-être que cela suffit pour aujourd'hui, dit le libraire.

— Oui, je dois rentrer pour préparer le souper, ajouta Cécile.

Elle récupéra Capucine et Dalia et attacha leurs laisses. Puis elle se pencha pour donner un bisou et un gros câlin à Belle.

— Tu vas me manquer, ma chouette, dit-elle. Mais je suis certaine que tu vas aimer les Fortin.

Belle se tortilla toute contente et agita la queue.

J'aime tous ceux qui sont gentils avec moi!

Charles trouva la laisse de Belle et la fixa à son collier.

— Peux-tu prendre Biscuit? demanda-t-il à Sammy.

Les deux amis sortirent de la librairie, entraînés par deux chiots impatients. Puis quelqu'un appela Charles dans la rue :

— Hé, Charles!

Charles se retourna et vit un grand jeune homme qui marchait vers lui. C'était Rémi! Rémi était un des gars les plus « cool » de Saint-Jean, une étoile de baseball de l'école secondaire qui conduisait une vieille décapotable rouge. Il était aussi très gentil. Charles avait fait sa connaissance quand la tante de

Rémi et son cousin avaient adopté Princesse, une petite yorkshire terrier trop gâtée dont les Fortin s'étaient occupés.

— Salut Rémi!

Charles était ravi d'avoir l'occasion de présenter à Sammy un ami aussi cool.

Puis il vit qui accompagnait Rémi.

CHAPITRE TROIS

— Vite, vite, prends Biscuit dans tes bras, dit Charles à Sammy, en même temps qu'il raccourcissait la laisse de Belle pour qu'elle reste bien à côté de lui. Il saisit le collier de la chienne.

— Il ne faut jamais distraire un chien d'assistance.

Charles avait vu un grand chien brun – Rosalie dirait sûrement que c'était un labrador couleur chocolat – qui portait une veste orange sur laquelle il était écrit CHIEN AU TRAVAIL. Le chien marchait entre Rémi et une jolie fille qui se déplaçait en fauteuil roulant.

— Charles!

Dès qu'il fut assez près, Rémi leva haut la main pour taper dans celle de Charles.

— Comment ça va, mon gars?

— Super!

Belle luttait pour s'échapper et dire bonjour, mais après avoir salué Rémi, Charles recommença à serrer bien fort la chienne contre lui. Belle se tortilla, agita la queue et adressa son beau sourire de chiot à Rémi.

— Je te présente Belle, le nouveau chiot dont s'occupe ma famille, dit Charles. Et voici mon ami Sammy, et Biscuit.

— Et voici ma blonde, Marie-Ève et son ami, Murphy. Que faites-vous en ville, les gars? demanda Rémi en caressant la grande tête brune de Murphy.

— On avait une réunion de famille canine ce matin à la librairie, répondit Charles. Biscuit a retrouvé sa mère et ses sœurs.

— Vraiment! Ce doit être intéressant à voir, dit Rémi en se penchant pour gratter Belle derrière les oreilles. Cette chienne est adorable.

Charles savait que Rémi aimait beaucoup les chiens. Il avait d'ailleurs lui aussi un merveilleux labrador chocolat qui s'appelait Zik.

— Où est Zik? demanda Charles.

— Il est resté à la maison. Quand les deux chiens

sont ensemble, Murphy a parfois un peu de mal à se concentrer.

Le jeune homme sourit à Marie-Ève. Marie-Ève lui rendit son sourire.

— Murphy sait qu'il n'est pas censé jouer quand il travaille, mais c'est impossible de résister à Zik, ajouta-t-elle.

La jeune femme avait posé la main sur le dos de son chien. Le labrador s'assit calmement et regarda sa maîtresse avec ses grands yeux brun-jaune. Quand Marie-Ève prononça son nom, il agita doucement la queue. Murphy observait chacun des mouvements de la jeune femme. Charles comprit que la jeune femme et son chien étaient très, très proches l'un de l'autre.

— Quel est le travail de Murphy? demanda Charles. Que fait-il exactement?

— Tu veux une démonstration? dit Marie-Ève, les yeux brillants. Murphy adore montrer ce qu'il sait faire.

— On veut voir ça! s'exclama Sammy avant que Charles ait le temps de répondre.

— Certainement! renchérit Charles.

Marie-Ève leur fit un clin d'œil. Puis elle se pencha et poussa lentement le sac qui était sur ses genoux.

— Oups! dit-elle quand le sac tomba sur le trottoir.

Murphy bondit immédiatement, prit tout doucement le sac dans sa gueule et le posa délicatement sur les genoux de sa maîtresse. Puis il se rassit et la regarda.

— Bon chien, dit Marie-Ève.

Murphy remua de nouveau la queue.

— Super! s'écria Charles. C'est génial!

— Vraiment « cool », ajouta Sammy. Que sait-il faire d'autre?

— Plein de choses, répondit Marie-Ève. Comme je ne marche pas, Murphy peut m'aider à porter des paquets ou à prendre un objet sur une étagère par exemple. Il m'aide aussi à ne pas perdre l'équilibre quand je m'assois et quand je sors de ma chaise roulante. Si je tombe, il m'aide à me relever. Il sait allumer les lumières, ouvrir les portes et même m'aider à m'habiller et me déshabiller. L'une de ses tâches préférées est de retirer mes chaussettes! Il me donne même un coup de main pour faire mon lit.

La jeune fille se tourna vers son chien.

— N'est-ce pas que tu m'aides à faire mon lit tous les matins?

Le chien agita la queue plus fort. Charles était certain que Murphy savait que l'on parlait de lui. Il aboya même une fois comme pour dire *Bien sûr que je fais ça!*

— Ça plairait beaucoup à ma mère! s'exclama Sammy. J'oublie toujours de faire mon lit. Comment fait-on pour apprendre ça à un chien?

Visiblement, Sammy avait très envie d'enseigner la même chose à Cannelle.

— Sincèrement, je ne sais pas. Ce n'est pas moi qui l'ai éduqué. C'est l'association appelée *Amis canins exceptionnels* qui me l'a donné. Murphy est allé à l'école pendant plusieurs années pour apprendre tout ça. Mais vraiment, ce qu'il y a de plus important pour moi, ce ne sont pas toutes les tâches que Murphy sait faire, c'est plutôt qu'il est mon meilleur ami et qu'il est toujours là quand j'ai besoin de lui. N'est-ce pas, Murph?

Le labrador se leva et aboya une autre fois très

fort. Sa queue s'agitait maintenant frénétiquement. Belle aboya à son tour.

Bonjour! J'ai l'impression qu'on pourrait être amis tous les deux. J'aimerais beaucoup te renifler!

L'aboiement de Belle ressemblait beaucoup à celui de Murphy, mais en moins fort. La chienne se tortilla et tira sur sa laisse pour essayer de se rapprocher du labrador chocolat.

— Cela ne fait rien, dit Marie-Ève. Laisse-la venir lui dire bonjour.

— Biscuit aussi? demanda Sammy qui avait bien du mal à garder le chiot dans ses bras.

— Oui, Biscuit aussi. S'ils l'embêtent trop, Murphy ne se gênera pas pour le leur dire. Il n'est pas timide, répondit-elle.

Charles et Sammy laissèrent donc les chiots s'approcher de Murphy, tout en continuant à tenir solidement leurs laisses. Belle était plus grande que Biscuit, mais tous les deux étaient nettement plus petits que le robuste Murphy. Belle et Biscuit se roulèrent par terre en montrant leurs petits ventres roses. Ils se tortillèrent quand le labrador chocolat les renifla chacun à leur tour. Puis tous deux bondirent sur lui et jouèrent à l'attaquer. Biscuit mordait les pattes avant de Murphy pendant que Belle mordillait ses oreilles, son cou, son museau, tout ce qu'elle pouvait attraper en fait...

Murphy supporta ces attaques pendant quelques minutes, puis Charles le vit poser l'une de ses grosses pattes sur le dos de Biscuit, ouvrir grand sa puissante mâchoire et faire semblant de mordre Belle en guise d'avertissement. Les deux chiots reculèrent précipitamment.

— Vous voyez? Murphy sait comment gérer les chiots, lança Marie-Ève en riant. Il sait comment les rappeler à l'ordre!

— Belle est vraiment fantastique, dit Rémi. Depuis combien de temps l'avez-vous?

Charles sentit soudain que sa gorge était sèche.

— Euh... Depuis une demi-heure à peu près, répondit-il, se rendant soudainement compte que son père et sa mère ne savaient même pas encore que la famille avait un nouveau pensionnaire.

— On ferait mieux d'y aller, dit Charles à

Sammy.

Puis il se tourna vers Marie-Ève.

— Je suis content d'avoir fait ta connaissance et celle de ton chien! ajouta-t-il en caressant la tête de Murphy.

— Au revoir! dit Rémi en tapant de nouveau dans la main de Charles.

— Hé, on devrait inviter Charles et Sammy à notre fête, qu'en penses-tu? demanda Marie-Ève à Rémi.

Elle se tourna vers les deux amis.

— Ça vous tenterait de venir? demanda-t-elle. Nous faisons une fête pour la Saint-Valentin au centre communautaire mercredi prochain. Rien de romantique, juste de quoi manger et s'amuser. Et il y aura d'autres personnes avec des chiens d'assistance.

Charles pensa que cela avait l'air génial.

— Avec plaisir, répondit-il en même temps que Sammy.

— Super! On se voit mercredi alors. Et bonne chance dans vos recherches pour trouver une famille à Belle! ajouta-t-elle pendant que les deux garçons s'éloignaient.

CHAPITRE QUATRE

— Pour l'instant, mon problème, ce n'est pas de trouver une famille pour Belle, mais plutôt de convaincre ma mère de l'accueillir temporairement, dit Charles à Sammy sur le chemin du retour.

— Ne t'inquiète pas, dit Sammy avec un vague geste de la main. Rien de plus facile.

Charles ne se sentit pas rassuré pour autant. Pour dire la vérité, comme le disait Mme Fortin, parfois, Sammy manquait un peu de bon sens. Mais il était trop tard pour se le rappeler. Les deux amis marchaient en direction de la maison de Charles. Belle et Biscuit trottinaient devant eux sur le trottoir. Belle avait la queue en l'air, les oreilles dressées, en alerte, et regardait de gauche à droite, examinant les gens et les choses qu'elle croisait. Elle était vraiment adorable. Il était inconcevable que sa mère lui demande de la rendre à Cécile Vareuil.

En arrivant chez lui, Charles remarqua que la fourgonnette de sa mère n'y était pas. Mais Rosalie était là, de retour du refuge.

— Hé! cria-t-elle. Je suis au salon!

Rosalie était blottie sur le canapé en train de lire un livre. Charles aurait parié que c'était un livre sur les chiens.

Rosalie se redressa aussitôt et laissa tomber son livre par terre en voyant Belle.

— Oh! Elle est adorable! cria-t-elle en tendant la main à la chienne pour que celle-ci la sente. Serais-tu timide, petite labrador jaune?

Rosalie pouvait toujours dire de quelle race était un chiot. Elle connaissait très bien les chiens grâce à l'affiche sur les races de chiens dans le monde qui était dans sa chambre. Et, en général, elle ne se trompait pas non plus sur le sexe du chiot.

— Elle s'appelle Belle. Tu crois que maman et papa seront d'accord pour la prendre en famille d'accueil? demanda Charles.

Rosalie tapotait ses genoux pour inviter Belle à venir la rejoindre. Belle escalada la causeuse et essaya de se pelotonner sur les genoux de la jeune fille.

— Bien sûr qu'ils seront d'accord! répondit Rosalie. Comment pourraient-ils lui dire non?

— Où est maman? demanda Charles

— Elle est allée chercher le Haricot chez Mme Vallée, répondit Rosalie.

Mme Vallée était la nouvelle gardienne du Haricot. Rosalie prit la tête de la chienne dans ses mains et s'exclama :

— Oh! regardez-moi cette jolie petite face! Je vais aller chercher l'appareil photo!

Elle aida la petite labrador à descendre de la causeuse, et se pencha pour prendre Biscuit.

— Toi aussi, je t'aime, mon petit chien adoré, dit-elle en lui embrassant le bout du museau.

Puis elle le posa à côté de Belle et sortit de la pièce en courant.

Mme Fortin entra dans le salon à peine une seconde plus tard. Le Haricot était dans ses bras, la tête posée sur son épaule et les paupières à moitié fermées.

— Maman... commença Charles.

Mais Mme Fortin posa un doigt sur ses lèvres.

— Chut! Je voudrais qu'il dorme encore un peu pour que je puisse finir mon article.

À ce moment-là, elle remarqua Belle.

— Ça alors! murmura-t-elle. Quel grand chiot! Est-ce que c'est Rosalie qui l'a apporté pour qu'on s'en occupe?

Charles secoua la tête. Il était sur le point d'avouer que c'était lui qui avait amené la chienne quand sa mère reprit en regardant Sammy :

— C'est toi alors? Je n'arrive pas à croire que tes parents soient d'accord pour adopter un troisième chien.

Puis, avant que les garçons puissent ajouter un mot, elle s'engagea dans l'escalier avec le Haricot.

Charles et Sammy se regardèrent et haussèrent les épaules.

— Bah, dit Sammy. Ce n'est pas comme si tu lui avais menti!

— Non, répondit Charles d'un air sombre. Mais il va falloir que je lui dise la vérité bientôt. Et alors, elle aura l'impression que j'ai menti même si ce n'était pas de ma faute.

À ce moment-là, Rosalie revint avec l'appareil photo. Elle commença à prendre des clichés pendant que les garçons aidaient les chiots à se placer. Tout d'abord, ils essayèrent de faire asseoir Belle et Biscuit l'un à côté de l'autre, mais évidemment, sans résultat : les deux chiots se précipitaient pour lécher Rosalie et l'appareil photo! Charles donna à Biscuit un jouet en forme de corde tressée et Belle attrapa aussitôt l'autre bout. Les chiots tirèrent de toutes leurs forces pour essayer de faire lâcher prise à l'autre. Puis ils coururent à travers le salon, chacun avec un bout du jouet dans la gueule, grognant, luttant et roulant ensemble.

Rosalie, Charles et Sammy riaient à en avoir mal au ventre quand Charles entendit sa mère qui les appelait de l'étage.

— Rosalie? Peux-tu aller voir ce que fait le Haricot? Je crois qu'il m'appelle, mais je voudrais finir mon paragraphe.

Rosalie soupira.

— Je suppose que je vais devoir lui lire cette histoire de grenouille pour la dix millionième fois, dit-elle. En général, cela l'occupe un petit moment.

Elle tendit l'appareil photo à Charles et se dirigea vers l'escalier.

Charles et Sammy continuèrent à jouer avec les chiots. Maintenant, Biscuit jouait à agacer Belle en lui montrant son canard jaune en peluche. Il jetait M. Canard en l'air et courait après, le manipulant tellement vite avec ses pattes que le jouet avait presque l'air vivant. Belle courut après Biscuit pour essayer d'attraper le jouet. Elle planta ses crocs dans une aile et tira si fort que Charles entendit quelque chose qui se déchirait.

— Hé, doucement! leur dit-il.

Oups! Je ne voulais pas le briser!

Belle lâcha M. Canard et regarda Charles. Elle se coucha et roula sur le dos pour montrer son ventre, exactement comme lors de leur rencontre avec Murphy.

Tu me pardonnes?

— Ce n'est pas grave, dit Charles. Tu ne l'as pas

fait exprès. C'est juste parce que tu es grande et forte.

Immédiatement, Belle bondit sur ses pattes et attrapa M. Canard avant que Biscuit puisse réagir.

Charles entendit le Haricot qui pleurait à l'étage, puis des petits pas qui se dirigeaient vers le bureau de Mme Fortin. Mais il s'amusait tellement qu'il fit semblant de ne rien entendre. Finalement, sa mère l'appela :

— Charles, pourrais-tu venir aider Rosalie? Peut-être que si tu joues au singe avec le Haricot, il patientera. J'ai besoin de seulement cinq minutes supplémentaires.

Charles chargea donc Sammy de surveiller Belle et Biscuit et monta à l'étage. Rosalie et le Haricot étaient dans le bureau. Le petit essayait de grimper sur les genoux de sa mère tandis que celle-ci tentait de taper sur son clavier d'ordinateur.

— Hé! Regarde-moi! dit Charles derrière la chaise.

Il plissa son visage comme ferait un singe, puis poussa des cris en faisant semblant de se gratter sous les bras. En général, le Haricot adorait ça et arrêtait tout pour regarder son frère et l'imiter. Mais cette fois, le Haricot ne se laissa pas distraire.

— Maman, maman, s'il te plaît! cria-t-il en tirant sur la manche de sa mère.

Il se mit à pleurer, prenant sa petite mine de chien battu, avec de grands yeux tristes. Il mit ses mains sous son menton, comme si c'était des pattes, et commença à gémir de la même manière que Biscuit quand il voulait une friandise. (Parfois, le Haricot aimait prétendre qu'il était un chien.)

Finalement, Mme Fortin abandonna.

— O.K. mon lapin.

Elle hissa le Haricot sur ses genoux. Le petit cessa immédiatement de pleurer.

— On va descendre voir le nouveau chiot de Sammy, d'accord?

Elle se tourna vers Charles.

— C'est une petite chienne très mignonne! Je souhaiterais presque qu'elle ait besoin de nous comme famille d'accueil!

— Eh bien, commença Charles, dans ce cas, je suppose que j'ai de bonnes nouvelles pour toi.

CHAPITRE CINQ

Plus tard, Charles dut reconnaître que sa mère avait très bien pris la chose. Quand il lui avait expliqué le quiproquo au sujet de Belle, Mme Fortin avait éclaté de rire.

— Ma foi, c'est en grande partie ma faute, avait-elle dit. J'étais tellement pressée de retourner travailler sur mon article.

Puis elle s'était penchée pour déposer un gros bisou sur le museau de la chienne.

— Elle est vraiment magnifique! Enfin, pas autant que Biscuit bien sûr, avait-elle ajouté.

Ce soir-là, M. et Mme Fortin avaient décidé que leur famille accueillerait Belle. Mme Fortin avait également accepté de conduire Charles et Sammy au centre communautaire pour la fête de la Saint-Valentin.

— D'accord, pourvu que je puisse garder Belle avec

moi, avait-elle précisé.

C'était maintenant mercredi et Charles était en train de raconter tout cela à Rémi et Marie-Ève. Lui et Sammy étaient arrivés tôt au centre communautaire et aidaient à mettre la touche finale aux décorations en gonflant des ballons rouges et roses.

— Maman aime vraiment beaucoup ce chiot, dit Charles en secouant la tête.

— Bien sûr, qui pourrait lui résister? dit Marie-Ève.

— Non, tu ne comprends pas, dit Charles. Ma mère a toujours préféré les chats. En général, elle n'a pas de coup de cœur pour les chiots que nous accueillons. À part pour Biscuit, bien sûr.

Le garçon essaya de nouer l'extrémité d'un ballon rose, mais celui-ci était trop gonflé. Il fit sortir un peu d'air.

— Alors, peut-être que vous allez garder Belle pour toujours, dit Rémi qui prit le ballon des mains de Charles et réussit à faire le nœud. Ce serait super.

— Ce serait incroyable! s'exclama Charles. Belle

est un chiot adorable! Elle est si douce et responsable. Très différente des chiots agités que nous avons eus!

Tout en gonflant des ballons, Charles parla à Rémi et à Marie-Ève de Rascal, le Jack Russel Terrier qui sautait tout le temps, et de Carlo, le petit carlin tannant, deux des chiots les plus difficiles que les Fortin avaient accueillis.

— Belle n'est pas comme eux, expliqua Charles. Elle n'aboie pas, ne bondit pas sur les gens et ne leur lèche pas l'intérieur des narines.

Bien sûr, elle léchait quand elle jouait avec Biscuit et qu'ils se pourchassaient à toute vitesse dans la maison, mais ça, c'était juste le comportement normal d'un chiot.

— Et elle n'est pas trop gâtée, comme Princesse, ajouta Charles en échangeant un sourire avec Sammy.

— Je n'ai pas connu Murphy quand il était petit, dit Marie-Ève, mais mon amie Mimi qui travaille pour Amis canins exceptionnels m'a dit qu'il était comme ça lui aussi. Très doux, très facile à dresser.

La jeune fille sourit en regardant son grand chien

brun et lança un ballon dans sa direction. Murphy le poussa avec son museau et le ballon repartit en flottant en direction de Marie-Ève.

— Il sait même jouer au ballon! s'exclama Sammy. Murphy, tu es le meilleur!

La queue du labrador frappa le sol.

— O.K. dit Marie-Ève. Je pense que nous avons assez de ballons. De toute façon, on dirait que nos invités commencent à arriver!

Le centre communautaire était effectivement en train de se remplir. Charles vit trois ou quatre enfants en fauteuil roulant. Une fille était venue avec une chaise motorisée rouge que Charles avait bien envie d'aller voir de plus près. Il y avait encore plein d'autres enfants en train de courir, de se lancer des ballons et d'examiner les tables pleines de gâteaux, de biscuits et de boissons aux fruits.

— Nos fêtes sont toujours très populaires, expliqua Marie-Ève. Elles sont commanditées par le Centre pour une vie indépendante, un centre d'entraide pour les personnes handicapées, mais il y a toutes sortes de gens qui viennent, car ils savent que l'on s'amuse toujours bien à nos fêtes. Venez, je vais vous présenter à quelques-uns de mes amis pendant que Rémi accroche ces ballons.

Tout d'abord, Marie-Ève présenta Charles et Sammy à Dakota, la fille qui avait la chaise rouge. Son labrador noir s'appelait Boomer. Comme Marie-Ève, elle l'avait eu grâce à l'association Amis canins exceptionnels. Le labrador était vraiment très gentil. Dakota leur expliqua le fonctionnement de sa chaise. Ensuite, les garçons firent la connaissance de Stéphane et de son golden retriever Kramer, qui venait de la même association. Kramer était incroyable! Il était capable de ramasser n'importe quoi, même un trousseau de clés ou un billet de banque, et de le rendre à son maître.

— Et vous connaissez probablement Tristan, dit Marie-Ève alors qu'elle et les deux garçons s'avançaient vers le buffet. Il va à la même école que vous, je crois.

Charles reconnut le garçon en fauteuil roulant qui se servait un gâteau tout rose. Il l'avait souvent croisé dans les corridors ou dans la cour de récréation.

— Salut, dit-il, je m'appelle Charles.

— Tu es le frère de Rosalie Fortin, n'est-ce pas?
demanda le garçon. Rosalie est dans ma classe.

— Ah, c'est toi, Tristan! s'exclama Charles qui
comprit de quel Tristan il s'agissait. Ah! tu es donc
Tristan l'artiste!

— Euh, je ne sais pas... répondit Tristan
modestement.

— Tout à fait, c'est un grand artiste, affirma Marie-
Ève. Il peut tout dessiner.

— C'est toi qui as gagné le concours d'affiches de
la Semaine de prévention des incendies, non?
demanda Sammy.

— Il le gagne tous les ans depuis la maternelle,
intervint Charles avant que Tristan puisse répondre.
Rosalie parle souvent de toi. Mais je ne savais pas
que...

Embarrassé, Charles s'arrêta.

— Tu ne savais pas que j'étais en fauteuil roulant,
continua Tristan. Tant mieux! Je préfère être connu
pour mes dessins ou pour ma coupe de cheveux
étrange ou pour n'importe quoi d'autre. Je n'ai
aucune envie d'être « le gars en fauteuil roulant ».

— Et si tu montrais quelques-uns de tes dessins,

Tristan? Je dois aller remplir le bol de boisson aux fruits.

Marie-Ève fit un clin d'œil à Charles et Sammy, leur dit de ne pas manger trop de gâteaux et s'éloigna en roulant, Murphy trottinant derrière elle.

Tristan tira un carnet d'une grande poche accrochée sur le côté de son fauteuil roulant et en tourna les pages pour montrer à Charles et Sammy des dizaines de très beaux dessins, très détaillés, réalisés avec des crayons de couleur.

— Ce sont tous des chiens! s'exclama Charles.

En effet, il y avait des dessins de Murphy, de Boomer et de Kramer, ainsi que plein d'autres illustrations de chiens.

— J'adore les chiens, lui dit Tristan. C'est ce que je préfère dessiner, ils sont si drôles.

Sammy se pencha pour regarder les dessins de plus près.

— Génial! Charles, tu as vu ce grand danois! Tu es vraiment très, très bon.

— Ce n'est pas si compliqué à faire, répondit Tristan. Je pourrais vous apprendre à dessiner des chiens, si ça vous intéresse. Je viens ici presque tous les jours après l'école. Venez et je vous donnerai des cours de dessin!

Sammy et Charles se regardèrent en souriant. Charles savait qu'ils pensaient à la même chose. Peut-être que, avec l'aide de Tristan, ils réussiraient finalement à illustrer leur livre de blagues!

CHAPITRE SIX

Le premier cours de dessin eut lieu dès le lendemain. Charles et Sammy arrivèrent au centre communautaire avec du papier, des crayons à mine et des gommes à effacer. Ils avaient aussi apporté des pages et des pages de blagues, toutes celles qu'ils avaient recueillies jusque-là.

Le centre était plus calme que la veille. Il n'y avait ni Marie-Ève ni aucun autre jeune avec un chien d'assistance. Quelques écoliers faisaient leurs devoirs ensemble assis à une grande table, et deux filles riaient dans un coin où flottait encore un paquet de ballons roses.

Les trois garçons mangèrent chacun un gâteau en forme de cœur (des restes de la fête de la veille) et s'installèrent à l'une des autres tables.

Charles et Sammy découvrirent vite que Tristan aimait autant les blagues qu'eux. Il rit de bon cœur en lisant la première blague de leur livre. Puis, il en proposa une à son tour :

— Qu'est-ce que tu obtiens si tu croises un collie et une rose? demanda-t-il.

Charles et Sammy secouèrent la tête.

— Un colli-er de fleurs!

Les trois amis éclatèrent de rire.

— Elle est bonne, dit Charles.

— Blague numéro quatre-vingt-dix-neuf!

— Et voici comment on pourrait l'illustrer, ajouta Tristan.

Le garçon se pencha et esquissa quelques traits rapides sur une feuille de papier. Soudain, le dessin prit forme et Charles vit la tête d'un collie qui émergeait d'un buisson de roses.

— Comment fais-tu ça? demanda Sammy, les yeux écarquillés.

Tristan haussa les épaules.

— Essayez! dit-il. Ce n'est pas si difficile. Tu vois, d'abord, tu fais un triangle, puis un cercle ici, et tu ajoutes un ovale et les deux triangles qui serviront pour les oreilles.

Il dessinait tout en parlant et un autre chien

apparaissait sur la page.

— Moins vite! dit Charles qui griffonnait à toute vitesse sur son papier. Attends!

Tristan reprit ses explications depuis le début :

— D'abord un triangle, puis un cercle...

Le jeune artiste dessina plus lentement, et Charles et Sammy essayèrent de copier chacun de ses traits. Mais à la fin, le seul dessin qui ressemblait à un chien était celui de Tristan.

— Je n'y arriverai jamais! grogna Sammy.

— Vous avez juste besoin de vous exercer, dit Tristan. Essayez encore. En faisant des formes différentes, vous obtenez des chiens différents. Par exemple, un ovale tout en longueur peut faire un chien saucisse.

Rapidement, en quelques traits, le jeune artiste dessina un teckel en patins à roulettes!

Charles regarda sa propre feuille de papier en fronçant les sourcils. Ses cercles, triangles et ovales ressemblaient à un tas de gribouillis, comme aurait pu en dessiner le Haricot. Le garçon soupira et retourna la page. Puis il recommença.

— Parlez-moi un peu de Belle, dit Tristan pendant qu'ils dessinaient.

La veille, il avait écouté avec beaucoup d'attention quand Charles et Sammy avaient raconté que les Fortin avaient accueilli un nouveau pensionnaire.

— Son museau est-il brun ou noir?

— Noir, répondit Charles, et ses yeux sont brun foncé, presque noirs. Et elle a de longs cils noirs.

— C'est sûrement une jolie chienne, dit Tristan en se penchant sur son dessin.

— En plus, elle sourit toujours, ajouta Sammy. Elle a toujours l'air heureuse, exactement comme mon chiot, Cannelle.

— Et Belle est aussi intelligente que Cannelle. La preuve : elle a déjà appris à ramasser derrière le Haricot! lança Charles en riant. Chaque fois que mon petit frère oublie un bas ou un jouet, Belle le ramasse et vient lui rendre. Et tu devrais voir la taille de ses pattes! Elles sont énormes! Rosalie dit que cela veut dire que Belle n'a pas fini de grandir.

Charles examina son dessin. Un autre gribouillis. Il le froissa en boule avant même que Tristan puisse le voir et recommença.

Sammy aussi fit une boule de son dessin.

— Ah! dit Sammy, frustré.

— Il faut vous détendre, dit Tristan. Vous devez laisser aller votre crayon, naturellement.

— Facile à dire, grommela Sammy, avant de reprendre une autre feuille de papier.

— Et que pouvez-vous me dire d'autre sur Belle?

— Quand elle a faim, elle va chercher son bol, raconta Charles. C'est très drôle. Avec sa patte, elle se débrouille pour le faire basculer, puis elle le pousse dans toute la cuisine avec son museau jusqu'à ce que quelqu'un lui donne à manger.

Tristan éclata de rire.

— Marie-Ève m'a raconté que Murphy faisait le même genre de choses. Murphy est tellement fin.

— Oui, Murphy est incroyablement intelligent, confirma Charles.

Tristan hocha la tête.

— Peut-être que j'aurai un chien d'assistance comme lui un jour.

Sammy posa brusquement son crayon.

— Hé! s'exclama-t-il. Et si Belle devenait ton chien d'assistance?

Tristan le regarda, la bouche grande ouverte.

— Eh bien! dit-il. Ce serait... franchement incroyable! Mais je crois que je suis trop jeune.

— Trop jeune? demanda Sammy, interloqué. Tu es plus vieux que Charles et moi, et nous avons tous les deux des chiens.

— Mais Sammy... commença Charles en posant à son tour son crayon. Il faudrait former Belle et tout ça.

— Bien sûr, mais Rosalie pourrait sûrement le faire, répondit Sammy avec un vague geste de la main. Elle connaît tout sur le dressage des chiens.

Charles se rappela Réglisse, un labrador noir que sa famille avait accueilli et qui suivait une formation pour devenir un chien-guide pour une personne aveugle. Il savait que c'était plus compliqué que ce que Sammy avait l'air de penser.

— En plus, Marie-Ève a dit que Murphy était son meilleur ami et que c'était la chose la plus importante. Belle pourrait devenir la meilleure amie de Tristan dès aujourd'hui, pas besoin de formation pour ça!

Sammy était tout excité.

À ce moment-là, Tristan bougea le bras, et Charles

vit le dessin que son ami venait juste de terminer.

— Oh! Incroyable!

Charles avait du mal à en croire ses yeux. Tristan avait dessiné un garçon dans un fauteuil roulant – un garçon qui lui ressemblait – accompagné d'un chien qui portait une veste de chien d'assistance.

— Comment as-tu réussi à faire ça? demanda Charles. Tu n'as jamais vu Belle et ce chien est son portrait craché! On reconnaît même ses grosses pattes, ses yeux noirs et son gentil sourire.

Tristan haussa les épaules.

— Mais tu me l'as décrite et j'ai déjà l'impression de la connaître.

Le garçon arracha la page de son carnet et la tendit à Charles.

— Si tu veux le dessin, je te le donne.

C'est ce qui décida Charles. Tous ses doutes s'envolèrent par la fenêtre.

— Tu sais, dit-il à Tristan, Sammy a raison. Belle et toi êtes faits l'un pour l'autre. Je te promets que nous trouverons un moyen de vous réunir!

CHAPITRE SEPT

— Qu'est-ce que tu as fait?

Rosalie fixait son frère. Elle avait les bras croisés et sa bouche dessinait une fine ligne droite.

— J'ai promis… marmonna Charles. J'ai promis à Tristan que Belle serait son chien d'assistance.

Il avait pensé que Rosalie serait contente. Elle était toujours très heureuse quand ils trouvaient le maître parfait pour leurs pensionnaires.

Charles venait de parler des dessins de Tristan et avait raconté à sa sœur à quel point Tristan désirait avoir son propre chien d'assistance. Il ajouta qu'il avait parlé trop vite et qu'il avait fait une promesse qu'il ne serait peut-être pas capable de tenir. Charles ne savait pas pourquoi, mais Tristan avait eu l'air de prendre cette promesse au sérieux même si Charles n'était qu'un enfant.

Rosalie secoua la tête, dégoûtée.

— À quoi pensais-tu? Crois-tu vraiment que c'est si facile? Tu ne te rappelles pas comment ça s'est passé avec Réglisse? As-tu perdu la tête? As-tu pensé à la déception de Tristan si jamais ça ne marchait pas?

Rosalie voulait-elle vraiment qu'il réponde à toutes ses questions? Charles ne savait pas par où commencer. Il se rendait compte qu'il avait sans doute commis une grosse erreur, mais il avait cru faire pour le mieux. Et maintenant, il allait devoir revenir sur sa parole. En plus, il n'y avait pas moyen d'éviter Tristan, puisqu'il allait voir un tournoi de basket-ball en fauteuil roulant qui avait lieu dans deux jours avec Sammy et lui!

— Je ne voulais pas... commença Charles.

Le garçon allongea le bras pour caresser l'une des douces oreilles de Belle. Avec Biscuit, elle venait de courir dans le salon et les deux chiots faisaient une petite sieste entre deux périodes de jeux. Belle avait posé la tête sur les genoux de Charles et s'était endormie instantanément. Elle était tellement douce et chaude! La chienne releva la tête à ce moment-là. Elle eut l'air de comprendre que Charles était bouleversé et elle le lécha gentiment sur la joue.

C'est correct! Ne t'inquiète pas! Tout va bien aller!

Rosalie leva les bras au ciel.

— Tu n'as pas réfléchi, voilà tout! dit-elle en soupirant. Belle est une chienne merveilleuse, mais, même si elle a presque atteint sa taille adulte, elle n'est qu'un chiot. Pour l'instant, elle ne peut être le chien d'assistance de personne. Elle devra probablement aller dans une famille d'accueil spéciale, comme les Paradis, ceux qui se sont occupés de Réglisse, tu te souviens?

Charles se souvenait. La famille d'accueil avait pour mission de faire en sorte que le chiot devienne un adulte heureux. Elle devait lui apprendre les bonnes manières et veiller à sa santé et à sa sécurité. Mais Belle avait déjà été bien élevée, non? Peut-être qu'elle n'aurait pas besoin de rester trop longtemps dans une famille d'accueil.

Charles embrassa Belle sur le haut de la tête.

— Et si c'était nous qui élevions Belle?

Charles s'imaginait déjà en train de jouer tous les

jours avec Belle et Biscuit et de regarder Belle grandir pour devenir un beau labrador comme Murphy.

— Je doute que cela soit possible, répondit Rosalie en secouant la tête. De toute façon, Belle aura ensuite besoin d'aller dans un centre de formation où on lui apprendra tout ce qu'elle doit savoir pour être une chienne d'assistance.

Rosalie croisa les bras sur la poitrine et continua à mettre le projet de Charles en pièces.

— Si elle réussit sa formation – et tous les chiens n'y arrivent pas! – on la donnera à une personne qui a besoin d'elle et qui est prête à s'occuper d'un chien d'assistance. Est-ce que ce sera Tristan? Peut-être. Mais c'est loin d'être certain…

Tout ce que Charles retint du discours de sa sœur fut le « peut-être ». Même si les chances étaient plutôt minces, il ne renoncerait pas à la promesse qu'il avait faite à Tristan.

C'est à ce moment que Mme Fortin entra dans le salon. Charles pouvait entendre à l'étage son père et le Haricot qui se préparaient pour le bain. Ils chantaient la chanson de l'alphabet. D'habitude, le

Haricot chantait normalement jusqu'à G, mais ensuite il inventait. Charles entendit donc « A, B, C, D, E, F, G » puis sur le même air, « T, R, H, C, R, H, C ». Le Haricot adorait les lettres C, R et H car c'étaient celles des enfants de la famille.

— Que se passe-t-il? demanda Mme Fortin.

Elle approcha et vint s'asseoir par terre à côté de Charles pour pouvoir caresser Belle. Elle regarda Rosalie puis Charles.

— Vous parliez tellement fort que je vous entendais de là-haut.

— Charles pense qu'il a trouvé une maison pour Belle... commença Rosalie.

Charles eut l'impression que le visage de sa mère s'assombrissait, mais elle afficha aussitôt un sourire.

— Vraiment? dit-elle. C'est... C'est génial!

— Sauf que c'est faux! continua Rosalie. Charles pense que nous pourrions élever nous-mêmes Belle pour qu'elle puisse devenir une chienne d'assistance pour Tristan. Et il ne comprend pas pourquoi cela ne peut pas fonctionner!

— Je ne vois pas quel serait le problème non plus,

dit Mme Fortin qui se pencha et embrassa Belle sur le haut de la tête. Je sais que quand nous avons voulu être la famille d'accueil de Réglisse, on nous a dit que vous étiez trop jeunes. Mais nous nous sommes occupés de tellement de chiots depuis! Nous avons beaucoup d'expérience. Peut-être que ce serait d'accord, cette fois!

Charles et Rosalie échangèrent un regard. Leur mère n'avait pas eu un tel coup de cœur pour un chiot depuis Biscuit. Elle voulait vraiment garder Belle à la maison le plus longtemps possible.

— Je pense que nous devrions demander conseil à Marie-Ève, dit Charles. Vous savez, la copine de Rémi? La maîtresse de Murphy!

— Bonne idée! approuva sa mère.

Rosalie leva les mains au ciel.

— N'importe quoi!

Rémi et Marie-Ève leur rendirent visite le lendemain soir. Faire entrer le fauteuil roulant dans la maison ne fut pas facile. La seule porte assez large était celle de la cuisine. Rémi et M. Fortin durent soulever le fauteuil pour la faire passer par l'arrière de la maison. Jusqu'à ce jour, Charles n'avait jamais réalisé à quel point tous les gestes de la vie quotidienne devaient être compliqués quand on était en fauteuil roulant.

— Je mourais d'envie de revoir Belle, dit Marie-Ève.

La jeune fille tapota sa jupe et Belle bondit pour poser ses pattes de devant sur ses genoux.

Allô! Je me souviens de toi!

Belle ne semblait pas du tout effrayée par le fauteuil roulant. Marie-Ève caressa doucement la tête de la chienne. Murphy était assis à côté de Marie-Ève, le plus près possible de sa maîtresse. Ses yeux ne quittaient jamais son visage, même quand Biscuit joua avec ses oreilles et lui mordilla le menton pour attirer son attention. Pendant ce temps, le Haricot regardait le fauteuil roulant avec de grands yeux ronds.

Marie-Ève lui sourit et lui demanda :

— Ça te plairait de faire un petit tour ensuite?

— Vouii! répondit le Haricot.

Le doigt dans la bouche, il sourit à la jeune femme, à la fois intimidé et excité.

À tour de rôle, M. et Mme Fortin expliquèrent pourquoi ils espéraient que Belle devienne la chienne d'assistance de Tristan et que, eux, ils aimeraient être sa famille d'accueil.

Marie-Ève écoutait avec attention et approuvait.

— C'est une excellente idée, dit-elle quand ils eurent terminé. Et je pense aussi que Belle a beaucoup de potentiel. Elle a l'air si calme et si intelligente!

M. et Mme Fortin échangèrent un sourire. Mais Marie-Ève n'avait pas fini.

— Mais il y a un gros problème. L'association Amis canins exceptionnels exige que les propriétaires des chiens d'assistance aient au moins douze ans, et Tristan n'en a que dix!

CHAPITRE HUIT

Le lendemain, M. Fortin emmena Sammy et Charles au tournoi de basket-ball en fauteuil roulant qui avait lieu à Rocheville, dans le gymnase du collège. Ils avaient rendez-vous là-bas avec Tristan et son père. Le gymnase était plein à craquer de supporters qui criaient, tapaient dans leurs mains et frappaient si fort avec leurs pieds que les gradins en bois tremblaient.

— C'est génial! dit Sammy.

— Oui, dit Tristan. J'espère que je pourrai jouer comme eux quand je serai plus grand.

— Ce sont des athlètes incroyables, dit M. Fortin en secouant la tête. Ils se déplacent avec tellement de facilité! Et vous avez vu le gars qui a réussi à se relever tout seul quand son fauteuil s'est renversé?

Charles ne disait rien. Il essayait de s'intéresser

au match, mais il ne pouvait pas s'empêcher de penser à ce que Marie-Ève avait dit et à la façon dont il allait annoncer la mauvaise nouvelle à Tristan.

Les joueurs étaient si rapides que c'était presque difficile de suivre les attaques. La vitesse à laquelle les joueurs se déplaçaient fascinait Charles. Les joueurs avaient les bras très musclés et ils poussaient sur leurs roues avec tellement de force qu'ils allaient plus vite dans leur fauteuil roulant que Charles à la course.

Tristan leur avait expliqué les règles.

— La principale différence avec le basket-ball traditionnel, c'est que les joueurs peuvent toucher les roues de leur fauteuil seulement deux fois entre les dribles, sinon c'est comme quand on marche. Tu sais, quand quelqu'un fait trop de pas sans faire rebondir le ballon.

Les joueurs avaient des fauteuils roulants très légers, avec des roues inclinées vers l'intérieur pour leur permettre de changer rapidement de direction sans basculer. Quand trois joueurs entouraient le porteur du ballon, ils étaient capables de l'empêcher de bouger! Celui qui avait le ballon était alors obligé de faire une longue passe à l'un de ses équipiers.

— Quelle équipe doit-on encourager? demanda Sammy.

— Je connais un gars dans l'équipe avec les chandails verts, dit Tristan. Il s'appelle Justin. Il vient nous entraîner au centre communautaire. J'ai un autographe de lui et plein d'autres affaires. C'est lui, là, avec le ballon. Tu vois, le numéro 25?

— Allez les verts! cria Sammy au moment précis où Justin lançait le ballon vers le panier.

Le ballon décrivit un grand cercle et *ouich!*, il tomba droit dans le filet.

Sammy bondit sur ses pieds.

— Bravo, Justin! hurla-t-il.

— Magnifique! cria M. Fortin.

Tristan tapa sur les accoudoirs de son fauteuil roulant. Son père passa un bras autour de ses épaules et cria :

— Allez, Justin!

Charles aurait aimé lui aussi crier, taper des mains et des pieds, mais il ne pouvait pas. Il avait toujours de la difficulté à se concentrer sur le jeu. Il savait qu'il allait devoir laisser tomber Tristan.

Bientôt, il allait devoir lui dire que lui, Charles, n'allait pas être capable de tenir sa promesse et que, finalement, Belle ne pourrait pas être sa chienne d'assistance.

Bien sûr, Marie-Ève avait dit qu'elle essaierait de trouver une solution. Mais il était évident que cela ne fonctionnerait pas. Les Fortin devraient trouver un nouveau foyer pour Belle, et Tristan devrait attendre très, très longtemps avant d'avoir son propre chien d'assistance.

Charles se sentait terriblement mal. Et le fait que Tristan l'avait présenté à son père, M. Bourque, comme « le gars qui va me donner un chien d'assistance » n'avait pas amélioré les choses.

Le père de Tristan avait souri et lui avait serré la main.

— Ça nous manque de ne pas avoir de chien, avait-il dit. Tristan m'a dit que le chiot que vous avez en ce moment est vraiment exceptionnel. J'ai hâte de faire sa connaissance.

Puis, ils avaient parlé des chiens que les Bourque avaient eus autrefois. Il était clair que cette famille aimait les chiens et savait s'en occuper. Qu'y avait-il de si différent avec un chien d'assistance? Pourquoi les Bourque ne pourraient-ils pas prendre Belle chez eux?

— Oui! cria Tristan en lançant son poing en l'air. Vous avez vu ça? Vous avez vu comment il lui a pris le ballon?

Charles n'avait rien vu. Il était trop occupé à imaginer comment il allait annoncer la mauvaise nouvelle à Tristan. Il était très malheureux.

À la mi-temps, il y avait un tournoi de lancers à trois points, ouvert à tous les enfants de moins de quatorze ans.

— Voulez-vous essayer? demanda Tristan.

Sammy bondit aussitôt sur ses pieds.

— Je suis partant!

Charles secoua la tête.

— Je crois que je vais rester ici, dit-il.

Son père et le père de Tristan parlaient du match. Assis tranquillement à sa place, Charles regarda Tristan rouler jusqu'au terrain et commencer à lancer le ballon avec Sammy et Dakota, la fille que Charles avait rencontrée au centre communautaire. Charles se souvenait de Boomer, le chien d'assistance de Dakota, un beau labrador noir.

À ce moment-là, il sentit une tape sur son épaule.

— Hé, Charles!

C'était Marie-Ève accompagnée de Rémi.

— Je ne savais pas que vous viendriez! dit Charles.

— Tu plaisantes? répondit Rémi. On ne manque jamais un match. Marie-Ève joue au championnat féminin. Elle est géniale. Tu devrais voir ses paniers à trois points.

Marie-Ève rougit.

— Il y a plein de bonnes joueuses dans mon équipe, dit-elle. Mais écoute ça, j'ai de bonnes nouvelles pour toi. J'ai parlé avec Mimi, une amie qui travaille pour Amis canins exceptionnels, et je lui ai dit combien c'était important pour toi que Belle et Tristan puissent être ensemble.

— C'est vrai? dit Charles. Qu'est-ce qu'elle a dit?

— Eh bien, elle a dit que j'avais raison pour l'âge minimal...

Marie-Ève fit une pause, et sourit.

— Mais elle a aussi dit que, parfois, il y avait des manières créatives de contourner les règles.

Charles se mit lui aussi à sourire.

— Vraiment?

— Comme tu les connais tous les deux, elle veut que tu écrives une lettre dans laquelle tu lui parles de Belle et de Tristan et des raisons pour lesquelles tu crois qu'ils sont faits l'un pour l'autre. Peux-tu faire ça?

La jeune femme tendit à Charles une feuille de papier avec l'adresse courriel de Mimi.

Charles hocha la tête vigoureusement. Peut-être que tout allait s'arranger finalement!

— Je le fais dès que je rentre à la maison! promit le garçon.

Marie-Ève leva la main, les doigts croisés.

— Espérons que cela marchera!

CHAPITRE NEUF

Tristan finit troisième au tournoi de lancers à trois points et l'équipe verte gagna le match avec un seul petit point d'avance, mais Charles s'en rendit à peine compte. Il ne s'inquiétait plus pour les mauvaises nouvelles qu'il devait annoncer à Tristan, mais réfléchissait à la lettre qu'il allait devoir écrire.

Dès qu'il arriva à la maison, Charles alla retrouver Belle.

— Allez, ma toute belle, j'ai besoin de toi pour trouver l'inspiration.

Il prit M. Canard et montra le jouet déchiré à la chienne. Belle aboya joyeusement, remua la queue et bondit pour l'attraper. Tenant M. Canard juste un peu trop haut pour la chienne, Charles monta à l'étage. Belle le suivit jusque dans sa chambre.

— Bon chien! dit Charles en lançant le jouet à cette petite chienne pleine d'énergie.

Charles s'allongea ensuite sur le plancher avec Belle. Pendant quelques minutes, ils jouèrent tous les deux à faire semblant de lutter. Charles rit de bon cœur quand Belle secoua M. Canard tellement fort que les ailes jaunes la frappèrent sur le museau.

Puis ce fut le temps de se mettre au travail. Charles donna M. Canard à Belle pour qu'elle puisse le mâchouiller et s'assit à son bureau. Quand il ouvrit son carnet, un dessin tomba. C'était le dessin de Tristan, sur lequel figuraient un garçon et son chien d'assistance. Un dessin magnifique!

— Regarde, Belle, dit Charles en lui montrant le dessin. Ce sera toi un jour.

Belle leva la tête, avec M. Canard toujours dans sa gueule. Charles se dit qu'elle avait l'air de sourire.

Comme tu veux, ça semble fascinant!

— Une autre source d'inspiration! dit Charles en déposant le dessin sur son bureau pour pouvoir le regarder pendant qu'il rédigerait la lettre.

Puis, il prit une feuille de papier et commença. Il

préférait écrire à la main d'abord avant de recopier sur l'ordinateur. Il faisait moins de fautes comme ça et ne perdait pas le fil de ses idées.

Chères Mimi et toutes les personnes qui travaillent pour Amis canins exceptionnels,
Je m'appelle Charles Fortin. Ma famille est une famille d'accueil pour des chiots qui ont besoin d'un nouveau foyer. En ce moment, nous avons une petite chienne qui s'appelle Belle. C'est un labrador retriever de presque un an. Elle est très intelligente, très douce et aime rendre service. Elle sait déjà ramasser les choses et les rapporter. Parfois, elle enlève les bas de mon petit frère, donc elle est aussi capable de faire ce genre de choses. C'est une très, très bonne petite chienne.

— C'est vrai, n'est-ce pas? dit Charles en regardant Belle. Tu es une bonne petite chienne, non?

Belle mâchouillait M. Canard qui faisait *couic! couic!*

Oui, c'est moi! Je suis une bonne petite chienne.
Tout le monde me le dit.

— C'est bien ce que je pensais, dit Charles qui retourna à sa lettre.

Je pense que Belle ferait une bonne chienne d'assistance. Elle est très calme, comme Murphy quand il était petit. (C'est ce que Marie-Ève m'a dit.) Et je connais un garçon qui a besoin d'un chien d'assistance. Il s'appelle Tristan et ne peut pas marcher. Il est dans un fauteuil roulant. Il n'a que dix ans et je sais qu'il faut avoir douze ans pour pouvoir avoir un chien d'assistance, mais Tristan est très repsonsable pour son âge, et c'est aussi un grand artiste. Sa famille a déjà eu plein de chiens. Donc ils savent s'en occuper.

Charles secoua la main. Sa lettre était-elle trop longue? Mais il avait beaucoup à dire...

Je sais que Belle doit d'abord aller dans une famille d'accueil, puis suivre une formation. Mais

nous pourrions être sa famille d'accueil et ensuite
elle pourrait vivre chez Tristan pendant sa
formation, qu'en pensez-vous? Comme ça, il aurait
une amie et il pourrait aider Belle.

Couic, couic, couic. Belle mâchouillait M. Canard
de plus en plus fort.

— Tu es trop drôle, dit Charles.

Il avait envie de jouer encore un peu avec la
chienne, mais d'abord, il devait finir la lettre.

J'ai promis à Tristan qu'il pourrait avoir Belle
comme chienne d'assistance. Pouvez-vous m'aider
à tenir ma promesse?
Bien sincèrement,
Charles Fortin

Pfiou! Fait.

— Charles?

Il y eut un petit coup sur la porte, puis Mme Fortin
ouvrit la porte et passa la tête.

— Ah! tu es là! Et toi aussi, ma jolie.

Mme Fortin se précipita dans la chambre et s'agenouilla pour faire un câlin à Belle. Elle l'embrassa sur le museau.

— Qui est la plus jolie de toutes? murmura-t-elle.

Belle frétilla et lécha le visage de la mère de Charles. Mme Fortin rit, et donna un autre bisou à la petite chienne. Puis, elle se tourna vers Charles.

Le garçon la regardait, les sourcils levés.

— Je sais, je sais, dit sa mère en rougissant. J'aime vraiment beaucoup ce chiot, OK?

Elle s'approcha du bureau.

— Sur quoi travailles-tu?

Au début, Charles avait pensé ne pas parler de la lettre. D'une certaine manière, il aurait préféré régler ça tout seul, sans aide. Mais finalement, il avait changé d'avis.

— C'est une lettre, répondit-il. Peut-être que tu pourrais m'aider pour les fautes.

C'était une lettre importante et Charles voulait qu'elle soit parfaite. Il expliqua que c'était Marie-Ève qui lui avait demandé d'écrire cette lettre. Mme Fortin s'assit sur le lit avec Belle sur les genoux et commença à lire.

— Bon travail! dit-elle.

Puis elle aida Charles à trouver les mots qui étaient mal orthographiés (comme fauteuil et responsable) et ils les cherchèrent ensemble dans le dictionnaire. Ensuite, Charles retapa tout sur son ordinateur et l'envoya par courriel à Mimi.

— Pour l'instant, n'en parlons à personne, suggéra Charles.

Cette fois, Charles préférait ne pas faire naître de faux espoirs. Enfin, à part chez lui et chez sa mère!

Mme Fortin hocha la tête et fit le geste de fermer sa bouche.

— Je garderai bien ton secret! dit-elle. Maintenant, tout ce qu'il nous reste à faire, c'est attendre.

Ils n'eurent pas à attendre longtemps. Le lendemain, dès que Charles revint de l'école, sa mère l'attira au sous-sol.

— Devine? chuchota-t-elle. Mimi est venue à la maison aujourd'hui. Elle voulait faire la connaissance de Belle. Et les parents de Tristan étaient avec elle! Elle m'a posé dix mille questions et ils ont passé beaucoup de temps avec Belle.

— Et alors? Est-ce que Belle pourra être la chienne

d'assistance de Tristan? Est-ce que nous pourrons être sa famille d'accueil? Qu'est-ce que Mimi a dit? demanda Charles.

— Eh bien, répondit sa mère, disons que j'ai de bonnes et de mauvaises nouvelles.

CHAPITRE DIX

— Je ne savais pas que vous veniez aujourd'hui, les gars! s'exclama Tristan, l'air surpris. Vous venez pour un cours de dessin?

C'était le lendemain et Charles et Sammy venaient d'arriver au centre communautaire. Ils avaient plus d'une surprise en réserve pour Tristan!

— En fait, nous ne sommes pas venus seuls, répondit Charles.

Il jeta un coup d'œil derrière lui juste au moment où sa mère et Mimi entraient. Charles présenta sa mère à Tristan.

— Bonjour, madame Fortin, dit Tristan.

— Bonjour Tristan! J'ai beaucoup entendu parler de toi, répondit-elle.

— Et moi aussi, intervint Mimi en tendant la main pour serrer celle de Tristan. Je m'appelle Mimi, je travaille pour Amis canins exceptionnels.

— Oh! s'exclama Tristan, l'association qui s'occupe des chiens d'assistance?

— C'est ça, répondit Mimi. Et j'ai de bonnes nouvelles pour toi, grâce à Charles qui nous a écrit une lettre particulièrement convaincante.

Les yeux de Tristan se mirent à briller.

Mimi continua et expliqua tout ce qui était arrivé ces derniers jours.

— Hier, j'ai fait la connaissance de Belle. Comme Charles nous l'avait écrit dans sa lettre, c'est un chiot particulièrement mature et bien élevé. En fait, Belle est presque assez grande pour commencer sa formation de chien social dès maintenant sans passer par une famille d'accueil.

Charles et sa mère se regardèrent en souriant tristement. Ça, c'était la mauvaise nouvelle. Les Fortin ne pourraient pas garder Belle. Mais la bonne nouvelle que Mimi allait annoncer à Tristan compensait largement la mauvaise.

— Sais-tu ce qu'est un chien social? demanda Mimi à Tristan.

— Hum, non, répondit le garçon en secouant la tête.

— Eh bien, parfois, nous plaçons un chien avec un enfant trop jeune pour s'occuper d'un chien d'assistance. L'enfant, ses parents et le chien s'entraînent tous ensemble pour former une équipe. Le chien a le droit d'accompagner l'enfant partout, sauf à l'école, tant que l'un des parents est présent. C'est un très bon programme. Le chien et l'enfant ont vraiment l'occasion de tisser des liens très forts. De plus, tous les gens qui les rencontrent ont l'occasion d'en apprendre plus sur les chiens d'aide et d'assistance.

Mimi inspira profondément et continua :

— Tes parents ont fait la connaissance de Belle hier, et ils ont donné leur accord pour commencer le programme.

— Vous voulez dire que Belle et moi, nous allons faire équipe?

Tristan commença à sourire, puis il fronça les sourcils.

— Mais qu'arrivera-t-il quand je serai plus âgé? Est-ce que Belle devra partir?

— Non, répondit Mimi en souriant à son tour. Si vous vous entendez bien tous les deux – et j'ai l'impression que ce sera le cas – eh bien, vous suivrez tous les deux une nouvelle formation et Belle obtiendra son diplôme de chien d'assistance!

— Parce que d'ici là, j'aurai atteint l'âge... commença Tristan comme s'il n'arrivait pas à y croire.

— ... l'âge d'avoir ta propre chienne d'assistance. Belle!

Mimi était ravie.

— Il ne reste plus qu'une petite chose que nous devons vérifier. Nous devons absolument être certains que toi et Belle, vous vous entendrez aussi bien que le pense Charles.

La jeune femme se tourna vers la porte et fit un geste de la main.

Rosalie entra. Elle tenait la laisse rouge de Belle qui marchait fièrement à ses côtés.

Tristan se redressa dans son fauteuil.

— C'est Belle, n'est-ce pas?

— Oui, c'est Belle, répondit Charles.

Tristan affichait un grand sourire radieux.

— Belle! appela-t-il. Viens ici, ma Belle!

En entendant son nom, la chienne accéléra l'allure,

tirant Rosalie à travers la pièce. Belle courut droit jusqu'à Tristan et posa ses deux pattes avant sur les genoux du garçon.

Bonjour toi! Je suis sûre que nous allons être amis pour la vie!

Tristan caressa la chienne et s'écria :
— Oh! Sa fourrure est tellement douce! Et elle est encore plus belle que je l'imaginais!
Il se pencha pour lui donner un baiser sur le haut de la tête.
— Bonjour Belle, dit-il. Bonjour, ma jolie petite chienne.
Charles sentit la main de sa mère sur son épaule. Il leva les yeux et vit son sourire triste et heureux à la fois. Belle allait manquer à sa mère autant qu'à lui-même, mais comme toutes les autres personnes dans la pièce, Mme Fortin avait tout de suite vu que Belle et Tristan étaient faits l'un pour l'autre.
Rosalie chercha le regard de son frère et leva les pouces.
— Beau travail, murmura-t-elle.

— Je n'arrive pas à croire que je rencontre enfin Belle, dit Tristan en donnant un autre petit bisou à la chienne. Je n'arrive pas à croire qu'elle va être ma chienne d'assistance!

Il leva les yeux vers Charles et Sammy.

— Tout ça, c'est grâce à vous les gars. Je vous dois une grosse faveur. Si jamais vous voulez me demander un service, n'importe lequel...

— En fait, il y aurait bien quelque chose que tu pourrais faire pour nous, répondit Charles. On avait l'intention de t'en parler.

Sammy hocha la tête.

— Tu dessines tellement bien les chiens que...

— ... on se demandait si tu accepterais de faire les illustrations de notre livre de blagues, compléta Charles.

— Tu toucheras des droits... d'illustrateur! promit Sammy. Une collaboration à trois. Nous deviendrons riches tous les trois!

Tristan sourit.

— Ça me ferait très plaisir, répondit-il en caressant la tête de la chienne. À une condition : que Belle soit sur la couverture!

EN SAVOIR PLUS
SUR LES CHIOTS

Certaines personnes pensent qu'il est cruel de faire travailler des chiens, et que l'on devrait les utiliser uniquement comme animaux de compagnie. Mais en fait, de nombreux chiens préfèrent travailler. Tous les chiens aiment aider leurs maîtres, soit en étant chiens d'assistance comme Murphy, soit en gardant les moutons comme Presto le berger écossais, ou même simplement en leur montrant un nouveau tour ou bien en marchant bien en laisse. Donne à ton chien l'occasion de faire quelque chose dont tu seras fier. Cela vous rendra heureux tous les deux!

Chères lectrices, chers lecteurs,

Un chien peut-il vraiment devenir ton meilleur ami?
Demande à tous ceux et toutes celles qui en ont
un! Un chien te fait rire tous les jours avec ses
bêtises et te réconforte quand tu es triste. Un
chien est toujours partant pour jouer, pour se
promener ou juste pour un câlin. Les chiens savent
aussi très bien garder les secrets et t'aident à te
faire de nouveaux amis. Ils aiment les câlins et les
bisous et sont toujours d'accord pour partager
ton repas. Et surtout, ton chien t'aimera toujours,
quoi que tu fasses. Et ça, c'est ce que font les
meilleurs amis, non?

Caninement vôtre,
Ellen Miles